par a. le Cortillier

O

1555.

Z. 1038

A. c. J.

LETTRES

d'une

DEMOISELLE ENTRETENUE

A

SON AMANT

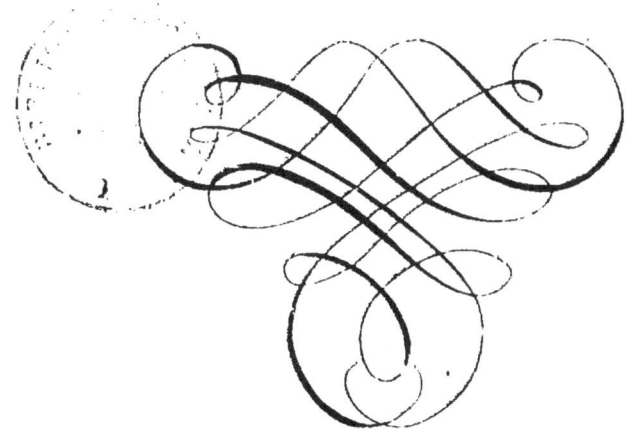

A COLOGNE

Chez Pierre Marteau

1749

A
MADEMOISELLE
A. M. G.

Oici quelques Lettres qui me font tombées entre les mains, & qui pourront vous amuser. Elles sont d'une Amante trompée, & qui n'a eu que trop de foible pour un ingrat. Vous n'essuyerez pas le même sort avec moi. Sen-

A

ſible à vos bontés, la mort même n'éteindra pas mon ardeur, & mon dernier ſoupir ſera pour vous.

C****

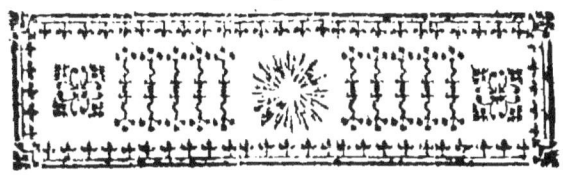

LETTRES
DE JULIE
A
CLITANDRE.

LETTRE PREMIERE.

J'ALLOIS entrer dans le monde, où ma figure m'apprêtoit tous les plaisirs que goûte

sible à vos bontés , la mort même n'éteindra pas mon ardeur , & mon dernier soupir sera pour vous.

C****

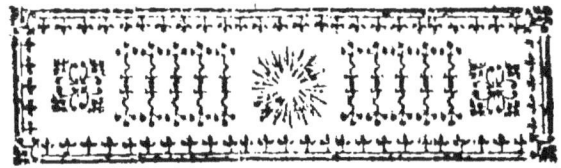

LETTRES
DE JULIE
A
CLITANDRE.

LETTRE PREMIERE.

J'ALLOIS entrer dans le monde, où ma figure m'apprêtoit tous les plaisirs que goûte

une Coquette jeune & ai-
mable, lorſque je fis votre
connoiſſance. Deſtinée à
n'aimer perſonne & à m'a-
muſer de tout, devois-je
faire attention à votre
phyſionomie ſéduiſante ?
Non, ſans doute, elle ne
pouvoit manquer de faire
impreſſion ſur le cœur d'u-
ne fille ſans expérience. Je
vous vis, & pour la pre-
miere fois je ſentis que j'a-
vois le cœur tendre. Si
mon premier regard vous
fut favorable, je lûs avec
plaiſir dans vos yeux l'hom-

mage secret que vous me rendiez. Instruit dans un second entretien de la destination de mes charmes, vous frémîtes ; & profitant de l'empire que vous aviez sur mon cœur, vous m'enlevâtes quelques jours après à cette parente perfide qui, pour prix de la malheureuse éducation que j'en avois reçue, étoit sur le point de mettre à l'enchere mes innocens appas. J'abandonnai mon fort à votre tendresse, & je me vis bientôt, par vos soins, dans une

maifon , dont la magnifi-
cence ne laifloit rien à
defirer. Parmi les domefti-
ques j'y trouvai Sophie
ma femme-de - chambre ,
(car je me vis dans un inf-
tant maîtreffe abfolue de
ceux que votre amour a-
voit choifis pour me fervir)
Sophie , dis-je , me vanta
votre amour plein de délicateffe. Vous en vouliez ,
difoit-elle , à mon cœur ;
elle ne vous peignit que
trop aimable. Tendre, fou-
mis , complaifant , vous
n'abusâtes point des droits

que vos bienfaits auroient
pû vous donner. Vous me
fîtes pendant trois mois
votre cour, & voulûtes
mériter, par mille soins,
ce que tout autre, moins
délicat, eût imaginé être
dû à sa générosité. Enfin,
l'instant que vous désiriez
arriva, votre amour le fit
naître, ma foiblesse le hâta.
Moment heureux, dont le
souvenir ne m'est que trop
cher! Depuis trois ans que
mon bonheur est celui de
contribuer au vôtre, rien
ne vous a pû dérober à mes

embraſſemens ; je n'ai jamais paſſé un jour ſans le
voir marqué au coin de la
tendreſſe. Jugez de l'état
où me met votre abſence.
Depuis quinze jours je n'ai
point eu de vos nouvelles.
Quinze jours , ô Ciel ! Sophie veut en vain raſſurer
ma tendreſſe allarmée ;
rien ne peut m'arracher à
l'ennui qui me tue. Je ne
ſçais quel noir preſſenti-
ment m'accable. Je vous
vois..... le dirai-je ....
Cruel ! vous êtes dans les
bras d'une autre. Arrêtez....

Elle peut être plus aimable;
mais peut‑elle être auſſi
tendre ? Vous voyez où
m'emporte ma douleur ;
faites ceſſer mes craintes,
venez conſoler votre Julie,
hâtez‑vous de venir cher‑
cher un pardon qu'elle
n'eſt que trop diſpoſée à
vous accorder.

LETTRE II.

J'Ai reçu votre Lettre ; jamais vous n'avez montré tout-à-la fois tant d'esprit & si peu d'amour. Une amante auffi délicate que moi , n'eft point aifée à tromper. Vos affaires font un prétexte fpécieux que je ne reçois pas. Quelques intéreflantes qu'elles puiffent être, s'il eft des momens pour tout, combien en doit-il être pour ce qu'-

on aime ? Mais ſuppoſons
qu'elles ne vous laiſſent
pas un moment de loiſir
pendant la journée , il faut
prendre du repos , la nuit
que devenez-vous ? Hélas !
puis-je en douter ; ſi l'a-
mour ne vous conduit pas
chez moi , c'eſt qu'il vous
retient chez un autre. Di-
tes-moi , la beauté qui vous
captive eſt-elle digne de
votre attachement ? ou plutôt , (comme je le ſouhai-
te) n'avez-vous pour elle
qu'un amour paſſager ? Si
cela eſt , je vous pardonne.

Mais n'abufez pas de ma bonté, venez m'avouer votre bonne fortune. Si la perfonne eft aimable cela juftifiera mon choix ; & je ferai flattée qu'elle n'ait pû que vous amufer : croyez-moi, dès ce foir, venez vous raccommoder avec moi ; je me fens difpofée à vous dédommager du facrifice que j'exige de vous. En un mot, j'oublie tout ; mais n'attendez pas à demain, vous ne me trouveriez peut-être pas fi facile.

LETTRE III.

LE pardon que je vous offrois de si bonne grace ne vous a pas tenté, & le sacrifice que j'exigeois vous a paru trop grand. Il faut, je le vois, renoncer au plaisir de vous voir; que ne, puis-je renoncer à celui de vous aimer ? Que votre sexe est perfide, que le mien est foible ! Le plaisir de captiver un cœur est d'un prix sans égal. Pour y parvenir, un homme ose tout risquer. Plus les obsta‑ cles sont grands , plus il s'obstine à les vaincre ; il est de son honneur d'en venir à bout. Que de soins , que de complaisances n'employe-t-il point ? Oc‑ cupé de sa conquête, tout l'Univers lui est indifférent, il sacrifie tout à son objet; mais après tant de soins, vient-il à bout de s'en ren‑ dre maître , dès lors ce bien si désiré perd de son prix : ce n'est plus une chose qu'‑ on souhaite; on est posses‑

seur , l'amour s'évanouit.
Voilà votre portrait ; c'est
celui de bien d'autres. Je
vous ai connu bien diffé-
rent ; vous aviez de votre
sexe toutes les vertus , sans
en avoir les vices. Que vous
déteſterez un jour ceux qui
ont occaſionné votre chan-
gement. Aimer ſincere-
ment , être aimé de même ,
voilà le ſouverain bien ;
c'eſt de vous que je tiens
cette maxime. Pendant
trois ans elle nous a pro-
curé de doux momens ;
par quelle fatalité y vou-

lez-vous mettre fin ? J'ai
beau m'examiner; si trop
d'amour est un crime, c'est
le seul que vous puissiez me
reprocher.

LETTRE IV.

ENfin j'ai découvert
le sujet de vos froi-
deurs; & Lucile, cette coquette, vous a mis au rang
des malheureux qu'elle
captive. Quoi, un homme
comme vous, peut-il en-
censer un autel où le pu-
blic

blic facrifie ? Eft-il poffible que vous préfériez les careffes fimulées d'une femme perdue, à la tendre foibleffe d'une fille qui n'a jamais pouffé de foupirs qu'en votre faveur ? Vous, que j'ai connu plein de délicateffe & de fentimens, à quel affreux délire êtesvous donc en proie ? Quand cette malheureufe vous tient dans fes bras, la vivacité de fes careffes vous abufe ; elle ne vous les prodigue que pour hâter votre défaite ; elle irrite chez

B

vous la paſſion pour l'a-
mortir plus vîte, afin que
n'ayant plus rien à déſirer,
vous lui laiſſiez, par votre
départ, le loiſir d'en pro-
diguer autant à un autre.
Quelle différence, hélas !
quand l'amour vous préci-
pitoit dans les miens ; mille deſirs étoient retenus
par la crainte que j'avois
de vous quitter trop-tôt ;
la ſatisfaction de vous y te-
nir plus long-tems, m'a fait
cent fois différer le plaiſir
au moment où j'en ſentois
les flatteuſes approches.

Que font devenus les fer-
mens que vous m'avez faits
de n'être qu'à moi ? quittez, quittez, cette perfide,
venez, mon amour pour
vous, tout bleffé qu'il eft,
fera encore affez généreux
pour vous pardonner ; je
reprendrai fur votre cœur
tous mes droits ; j'arrache-
rai le fatal bandeau qui
vous aveugle, vous ouvri-
rez les yeux, enfin, vous
déteſterez Lucile, & ren-
drez juſtice à la tendre Julie.

LETTRE V.

TOn fidéle La Vallée, infâme courtier de tes plaisirs, m'a remis ton criminel écrit. Tu m'y peins comme la plus aimable femme. J'ai, dis-tu, mille charmes, mille vertus, un seul défaut les obscurcit. Je suis jalouse, enfin. Est-ce à toi, ingrat, de t'en plaindre, au milieu des plaisirs que ta libéralité me fournit chaque jour ?

La vie pour toute autre n'auroit rien que d'agréable ; mais je t'aime ; je ne te vois plus ; que me sert tout le reste ? C'est à ton amour que je dois la connoissance du plaisir ; je m'en suis fait une douce habitude ; à qui recourir, perfide ? veux-tu qu'à ton exemple, j'aille dans les bras d'un autre étouffer les feux que ma tendresse pour toi fait naître chaque jour ? Jusqu'ici mon imagination a suppléé à la réalité ; mais enfin ce n'est qu'une chi-

mére. Crains que je ne me
vange. Il eſt vrai, je ſuis
encore pleine de ton ima-
ge. Je t'adore, tout perfide
que tu es; mais chaque
choſe a ſon terme. Une
femme outragée eſt capa-
ble de tout. Que dis-je?
Je pourrois…. non cher
Clitandre, non, plutôt
mourir. Mon cœur t'ap-
partient, il ne fut jamais
ſenſible que pour toi. Veux-
tu donner la mort à ta Julie, par pitié viens la conſoler; ſi tu ne peux l'aimer,
feins au moins qu'elle t'eſt

chere. Amuſe mes déplai-
ſirs, mon foible pour toi
ne te ſecondera que trop
bien.

LETTRE VI.

Aîtreſſe de mon
ſort, je t'en avois
fait l'arbitre , & juſqu'ici
nul remord ne me déchi-
roit : car enfin la Divinité
eſt trop juſte & trop équi-
table pour condamner un
attachement que la volon-
té des deux parties auto-

rife. La formalité ufitée
dans les unions , n'eft , à
proprement parler, qu'un
acte civil , néceffaire au
bien de l'Etat. Sur la foi
de tes fermens, je ne voyois
en toi qu'un époux, je me
faifois une loi de t'aimer,
toute ma tendreffe fuffifoit
à peine pour m'acquitter
de ce que j'imaginois te
devoir ; ton inconftance
m'ouvre les yeux; mon at-
tachement pour toi de-
vient un crime. Je renon-
ce au monde , procure-
moi les moyens d'aller
dans

dans un Couvent finir des jours que ta cruauté abrégera bientôt. Ce parti eſt raiſonnable ; celui que tu me propoſe fait horreur : quoi ! après m'avoir retirée du précipice, c'eſt toi, ingrat, qui m'y veut jetter ? Ne m'as-tu arrachée à l'ignominie qu'on me préparoit, que pour m'en apprêter une autre d'autant plus criminelle, que la premiere eût été involontaire, & que je courrois moi-même au-devant de la ſeconde ? Non, puiſqu'il

C

faut renoncer à ton cœur, puifqu'un autre le poſſéde, le monde n'a plus d'attraits pour moi. Si tu n'es plus ſenſible, ſois-moi du moins généreux ; permets que j'aille au fond d'un Cloître cacher ma honte & mon déſeſpoir. J'attends ta réponſe, Clitandre, penſe-y bien , elle décidera mon ſort.

LETTRE VII.

Uoi! vous vous op-
poſez à ma retraite?
& le conſeil que vous me
donniez de faire un autre
amant, n'étoit donc que
pour ſonder mon cœur?
pouvez-vous le mettre à pa-
reille épreuve? Si j'en crois
Sophie, je vous ſuis tou-
jours chere; mais un mal-
heureux penchant, dont
vous n'êtes pas le maître,
vous retient dans les bras

d'une autre. Lucile, dites-
vous, n'a pas votre eſtime,
& l'empire qu'elle a ſur
vous, elle ne le doit qu'à
votre goût pour le plaiſir.
Quel eſt donc ce plaiſir ?
s'offre-t-il chez elle ſous
une forme nouvelle ? Hé-
las ! quelle eſt votre erreur ?
Dans la douce yvreſſe , fille
de la volupté, l'art n'eſt pas
néceſſaire ; une tendre ſim-
plicité ſuffit. Laiſſons ces
rafinemens à des cœurs uſés
au printems de l'âge : la na-
ture embellit aſſez les momens conſacrés à l'amour ;

les plus vifs, croyez-moi,
ne fe trouvent pas dans les
bras d'une coquette. Je
plains votre aveuglement ;
mais puifque la malheureufe ne m'a pas ôté votre cœur ;
mes craintes n'ont que
vous pour objet , votre
fanté m'eft chere. Redou-
tez les careffes d'une femme qui ne cherche qu'à
fe fatisfaire , & furtout fon-
gez qu'en amour notre fexe
a des reffources que le vôtre n'a pas. Donnez-moi
de vos nouvelles ; tout ingrat que vous êtes , je fuis

toujours pour vous feul la
tendre & fidéle Julie.

LETTRE VIII.

IL faut que vous foyez
auffi sûr de ma tendreffe
que je la fuis peu de la vôtre , pour ofer choifir le
Chevalier de ** pour vo-
tre confident. C'eft l'homme du monde le plus ai-
mable. N'importe, vos in-
térêts font fort bien entre
fes mains ; que ne m'a-t-il
pas dit en votre faveur ?

Vous ne tarderez pas, si je veux l'en croire, à me rendre tous les droits qu'un amour libertin m'a ôté sur votre cœur. Est-il bien vrai ? Ah Clitandre, cette idée m'enchante ; hâtez-vous de venir sécher mes pleurs. Je suis outragée ; c'est moi cependant qui demande la paix. Sentez tout le prix de ma démarche ; tant d'amour exige un prompt retour. Le Chevalier me l'a promis. Je l'attends de ses soins, pour récompense je lui voue tou-

te mon eſtime ; il eſt généreux , & connoît trop
ma délicateſſe pour exiger
davantage. Adieu , l'ami-
tié obtiendra peut être ce
que n'a pû l'amour. Quel
triomphe pour l'un ! quelle
honte pour l'autre !

LETTRE IX.

PUis-je compter fur la parole que m'a donnée le Chevalier, & vous verrai-je demain? Il y a fi long-tems que je me flatte de votre retour, que je regarde ce plaifir comme imaginaire. Ce début vous paroît fingulier; il eft d'une femme piquée, & qui a honte d'avoir tant de foibleffe pour un ingrat. Cruel, avez-vous pû si longtems m'outrager? Maître absolu de mon cœur, quel cas en avez vous fait ? Que me direz-vous ? que vous êtes au désespoir de m'avoir manqué , que désormais vous serez tout à moi ; vous m'en ferez mille sermens. Avez-vous tenu les premiers ? Je m'étois promis de continuer ma Lettre sur le même ton ; mais ma tendresse pour vous l'emporte. Oui, Clitandre, j'oublie tout , & vous attens demain. Ce terme , tout court qu'il eſt, va me paroître un ſiécle. Eſt-il bien vrai ? vous m'aimez ; vous êtes repentant. Ah ! cher amant , venez vous jetter dans mes bras, que je vous y prépare de plaiſirs ! que je m'en apprête dans les vôtres ! pour être moins recherchés que ceux que vous me ſacrifiez , ils n'en feront pas moins vifs. Que je ſuis foible ! Adieu, à demain.

LETTRE X.

A Peine avez-vous fait votre paix que vous devenez coupable. Quoi ! vous me quittez sans me dire adieu. Vous respectez mon sommeil fort mal-à-propos, j'avois mille choses à vous dire, ma facilité à vous pardonner en est cause. Que je suis fâchée de m'être rendue sitôt, j'aurois dû vous faire acheter votre pardon.

Je suis d'une humeur dé-
testable. Je vous attends
cependant pour dîner.
Songez que le Chevalier
doit s'y trouver ; il ne man-
quera pas d'arriver avant
vous, que voulez-vous que
je lui dise ? Je serai fran-
che ; je conviendrai que
jamais on n'a mieux mar-
qué un repentir que vous
l'avez fait ; que j'ai retrou-
vé chez vous plus de sensi-
bilité que vous n'en aviez
autrefois : enfin , que la
nuit a été charmante ; mais
je ne vous passerai point de

vous être levé fans me dire mot. Je vous apprête de mauvaifes plaifanteries ; mais vous les méritez ; vous m'avez tant dit de jolies chofes hier au foir , que , fans doute , vous n'aviez plus rien à me dire ce matin. Je ferai déformais plus ménagere. Adieu , je vous attends.

LETTRE XI.

EN vérité, Monſieur, vous êtes adorable. Je me ſuis raccommodée de la meilleure foi du monde avec vous ; j'ai cru votre repentir ſincére, & j'avois oublié juſqu'à votre infidélité. Pendant quinze jours, ſenſible à ma bonté, vous ne m'avez quittée qu'autant que vos affaires vous arrachoient d'auprès de moi ; qu'êtes-vous de-

venu depuis deux jours ?
J'ai envoyé dix fois chez
vous, on ne vous a pas trou-
vé, auriez-vous fait quel-
que nouvelle conquête ?
Dois-je m'attendre à de
nouveaux chagrins ? Vous
êtes fort aimable ; vous
m'avez plû, & jamais je n'ai
eu de senfibilité que pour
vous; mais ne vous flattez
pas que je me pique toute
la vie de conftance pour
un ingrat, tout s'ufe. Sça-
chez qu'une premiere in-
fidélité eft beaucoup plus
dure à fupporter qu'une fe-
conde,

conde, on s'habitue à tout.
Votre premiere faute m'a
pensé causer la mort ; une
nouvelle me rendroit la
tranquillité. Cette façon
de penser vous paroîtra
nouvelle , ne doutez pas
qu'elle ne soit vraie. Oui,
je le répéte , rien ne peut
exprimer ce que je sens de
tendre pour vous. Cepen-
dant , si pour prix de ma
foiblesse je ne trouve en
vous qu'un volage , mon
parti est pris , vous n'en-
tendrez jamais parler de
moi , & j'irai dans un Cloî-

D

tre oublier, s'il fe peut,
jufqu'à votre nom.

LETTRE XII.

Malgré toutes les
précautions que
vous avez prifes, je fuis
au fait de votre prétendu
voyage. Lucile pendant
trois jours vous a retenu
chez elle. Je fuis charmée
de votre racommodement,
je vous invite à ne la plus
quitter. Un charme in-
connu vous attache l'un à

l'autre , & fi vous m'en croyez vous unirez votre fort au fien. Que je vous fçais gré de m'avoir rendu à moi-même ; l'amour a des charmes, j'en conviens; mais on paye trop cher fes faveurs. Adieu , volage , adieu , je quitte un féjour qui m'a paru charmant ; ma tendreffe pour vous eft une yvreffe qui s'eft paffée: ne vous informez pas de ce que je deviendrai; tel que foit mon fort , il fera toujours affez beau, ayant recouvré ma liberté.

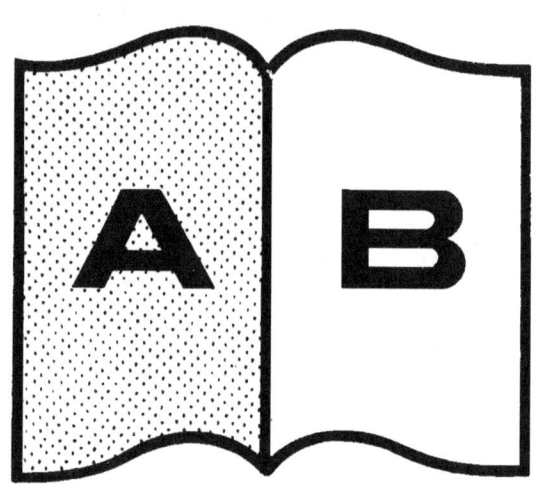

Contraste insuffisant

NF Z 43-120-14

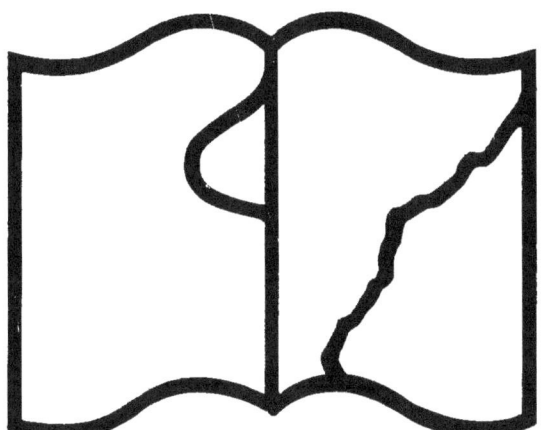

Texte détérioré — reliure défectueuse

NF Z 43-120-11

www.ingramcontent.com/pod-product-compliance
Lightning Source LLC
Chambersburg PA
CBHW071252210626
46818CB00013B/1216